CB019404

"EU TENHO UM PEQUENO PROBLEMA", DISSE O URSO

Para
Leonhardt & Ferdinand

Título original: *Ich hab ein kleines Problem, sagte der Bar*
Texto de Heinz Janisch
Ilustrações e projeto gráfico de Silke Leffler
Copyright © 2007 by Annette Betz Verlag im Verlag Carl Ueberreuter, Vienna – Munich

Coordenação editorial
Lenice Bueno da Silva

Assistente editorial
Ana Lucia Santos

Coordenação de revisão
Estevam Vieira Lédo Jr.

Revisão
Ana Maria C. Tavares

Coordenação de arte
Ricardo Postacchini

Diagramação
Camila Fiorenza Crispino

Coordenação de bureau
Américo Jesus

Pré-impressão
Helio P. de Souza Filho, Marcio H. Kamoto

Impressão e acabamento Ricargraf
Lote 787192
Cod 12058272

Dados Internacionais de Catalogação na Publicação (CIP)
(Câmara Brasileira do Livro, SP, Brasil)

Janisch, Heinz
   "Eu tenho um pequeno problema", disse o urso /
Heinz Janisch, Silke Leffler ; [ilustrado por
Silke Leffler ; traduzido por Claudia
Cavalcanti]. — São Paulo : Moderna, 2008.

   Título original : Ich hab ein kleines Problem,
sagte der Bar
   ISBN 978-85-16-05827-2

   1. Literatura infantojuvenil I. Leffler,
Silke. II. Título.

08-02323   CDD-028.5

Índices para catálogo sistemático:
      1. Literatura infantil 028.5
      2. Literatura infantojuvenil 028.5

DE ACORDO COM AS NOVAS NORMAS ORTOGRÁFICAS

Todos os direitos reservados no Brasil pela
Editora Moderna Ltda.
Rua Padre Adelino, 758 – Belenzinho
São Paulo – SP – CEP 03303-904
Vendas e atendimento: Tel.: (11) 2790-1300
Fax: (11) 2790-1501
www.salamandra.com.br

Heinz Janisch

"EU TENHO UM PEQUENO PROBLEMA", DISSE O URSO

Com ilustrações de Silke Leffler

Tradução de Claudia Cavalcanti

SALAMANDRA

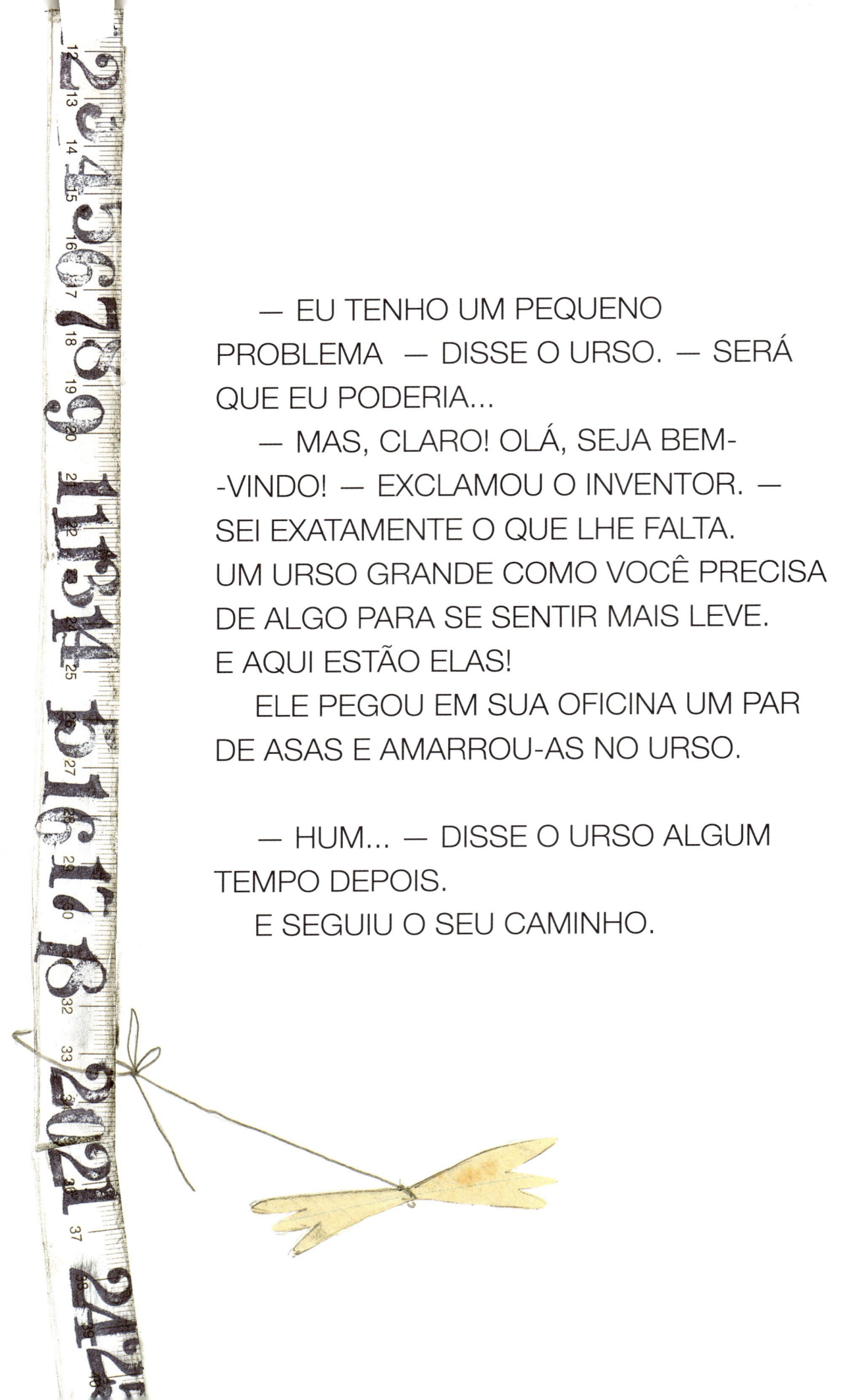

— EU TENHO UM PEQUENO
PROBLEMA — DISSE O URSO. — SERÁ
QUE EU PODERIA...

— MAS, CLARO! OLÁ, SEJA BEM-
-VINDO! — EXCLAMOU O INVENTOR. —
SEI EXATAMENTE O QUE LHE FALTA.
UM URSO GRANDE COMO VOCÊ PRECISA
DE ALGO PARA SE SENTIR MAIS LEVE.
E AQUI ESTÃO ELAS!

ELE PEGOU EM SUA OFICINA UM PAR
DE ASAS E AMARROU-AS NO URSO.

— HUM... — DISSE O URSO ALGUM
TEMPO DEPOIS.
E SEGUIU O SEU CAMINHO.

— EU TENHO UM PEQUENO PROBLEMA — DISSE O URSO. — SERÁ QUE...

— POR FAVOR, VAMOS ENTRANDO! — EXCLAMOU A COSTUREIRA. — AS ASAS VOCÊ JÁ TEM, MUITO CHIQUES, MODERNAS. AGORA SÓ FALTA UM CACHECOL PARA COMBINAR.

ANIMADA, ELA ENROLOU UM LONGO CACHECOL NO PESCOÇO DO URSO.

— HUM... — DISSE O URSO ALGUM TEMPO DEPOIS.

E SEGUIU O SEU CAMINHO.

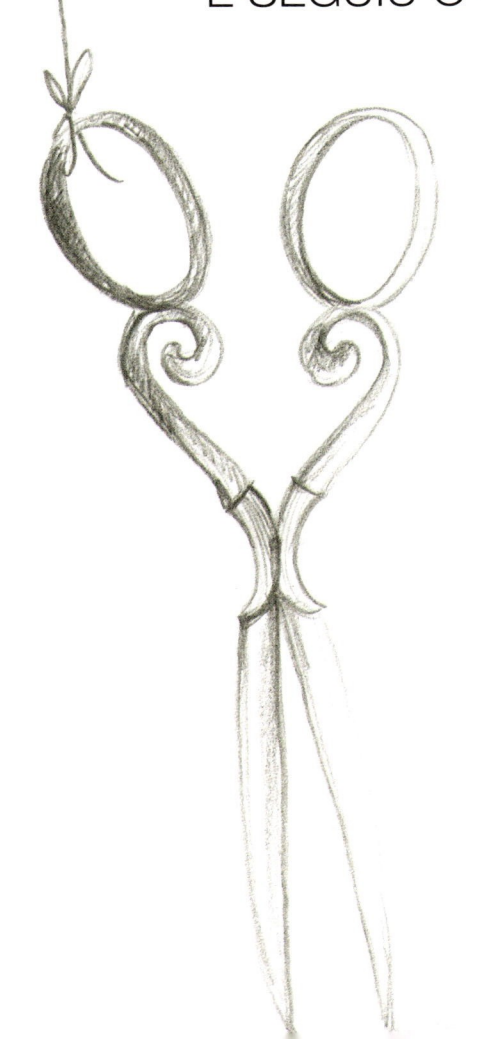

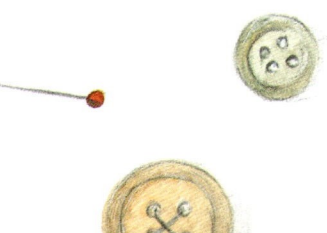

— EU TENHO UM PEQUENO
PROBLEMA — DISSE O URSO.
— SERÁ QUE...
— MAS QUE CABEÇA! VEJAM
SÓ ESTA CABEÇA! — EXCLAMOU
O CHAPELEIRO, ANDANDO DE UM
LADO PARA O OUTRO EM SEU
ATELIÊ. — SEI EXATAMENTE O
QUE PROCURA! NÃO DIGA NADA!
UMA CABEÇA DESSAS PRECISA
FICAR BEM PROTEGIDA. TENHO
AQUI ALGO... ATÉ PARECE QUE
FOI FEITO SOB MEDIDA!

ELE PEGOU NA ESTANTE UM
CHAPÉU QUE MAIS PARECIA
UMA COROA E ENTERROU-O NA
CABEÇA DO URSO.

— HUM... — DISSE O URSO
ALGUM TEMPO DEPOIS.
E SEGUIU O SEU CAMINHO.

— EU TENHO UM PEQUENO PROBLEMA
— DISSE O URSO. — SERÁ QUE...

— LOGO SE VÊ O QUE LHE FALTA, MEU BOM
AMIGO! — EXCLAMOU O MÉDICO. — VOCÊ VAI
TOMAR MEUS COMPRIMIDOS COLORIDOS E
DAQUI A TRÊS DIAS TERÁ AS MAIS BELAS E
ROSADAS BOCHECHAS DA FACE DA TERRA.

ELE ENFIOU NA BOCA DO URSO TRÊS
COMPRIMIDOS COLORIDOS E AINDA LHE DEU
UMA ENORME CAIXA DE REMÉDIOS.

— HUM... — DISSE O URSO ALGUM TEMPO
DEPOIS.

E SEGUIU O SEU CAMINHO.

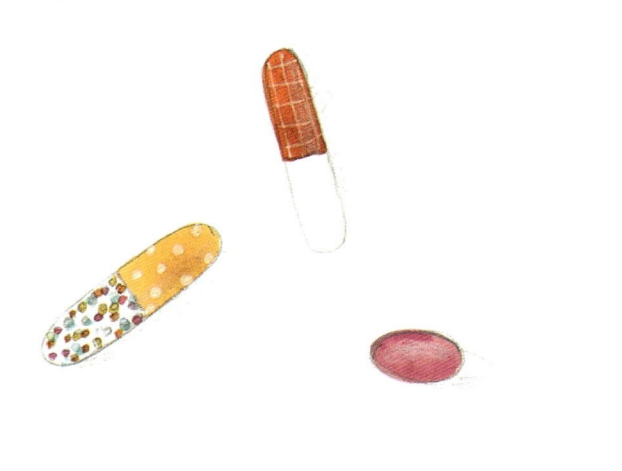

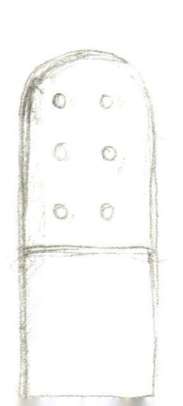

— EU TENHO UM PEQUENO
PROBLEMA — DISSE O URSO. — SERÁ...

— NEM UMA PALAVRA A MAIS,
MEU AMIGO ANDARILHO — DISSE O
VENDEDOR AMBULANTE. — SEI O
QUE SIGNIFICA ESTAR NA ESTRADA,
SEM DESCANSO, INDO DE CIDADE EM
CIDADE. HOJE AQUI, AMANHÃ ALI.
SÓ UMA COISA AJUDA: É PRECISO
CUIDADO COM A PRÓPRIA SORTE.
E NADA MELHOR DO QUE ESTE
DIFERENTE E MARAVILHOSO AMULETO!

ELE PENDUROU NO PESCOÇO DO
URSO UM COLAR COM UM GRANDE E
PESADO AMULETO.

— HUM... — DISSE O URSO ALGUM
TEMPO DEPOIS.
E SEGUIU O SEU CAMINHO.

— EU TENHO UM PEQUENO PROBLEMA
— DISSE O URSO. — SERÁ QUE...

— NÃO TENHA MEDO! NEM FALSA
MODÉSTIA! ÓCULOS CERTOS SÓ EXISTEM
AQUI! — EXCLAMOU A MULHER DOS MUITOS
ÓCULOS.

NÃO DEMOROU MUITO, E O URSO TINHA
ÓCULOS VERMELHOS SOBRE O FOCINHO.

— HUM... — DISSE O URSO ALGUM TEMPO
DEPOIS.

E SEGUIU O SEU CAMINHO.

— EU TENHO UM PEQUENO PROBLEMA
— DISSE O URSO. — SERÁ QUE EU...
— NÃO VAMOS GASTAR CONVERSA
FIADA! VOU DIRETO AO ASSUNTO! NÃO
ENROLO OS AMIGOS. AMIGOS SÃO OS
MELHORES CLIENTES. E PRECISAM SER
MIMADOS! — DISSE A MULHER DIANTE
DA LOJA. ELA ENTROU E VOLTOU COM
UM POTE AMARELO-OURO. — MEL PURO,
DA MELHOR QUALIDADE! EXTRAÍDO DOS
MELHORES CULTIVOS! É UMA NOVIDADE!
UMA SENSAÇÃO! NÃO PODEMOS DEIXAR
DE PROVÁ-LO!

ENTÃO ELA DEU AO URSO UM POTE E
SUMIU LOJA ADENTRO.

— HUM... — DISSE O URSO ALGUM
TEMPO DEPOIS.
E SEGUIU O SEU CAMINHO.

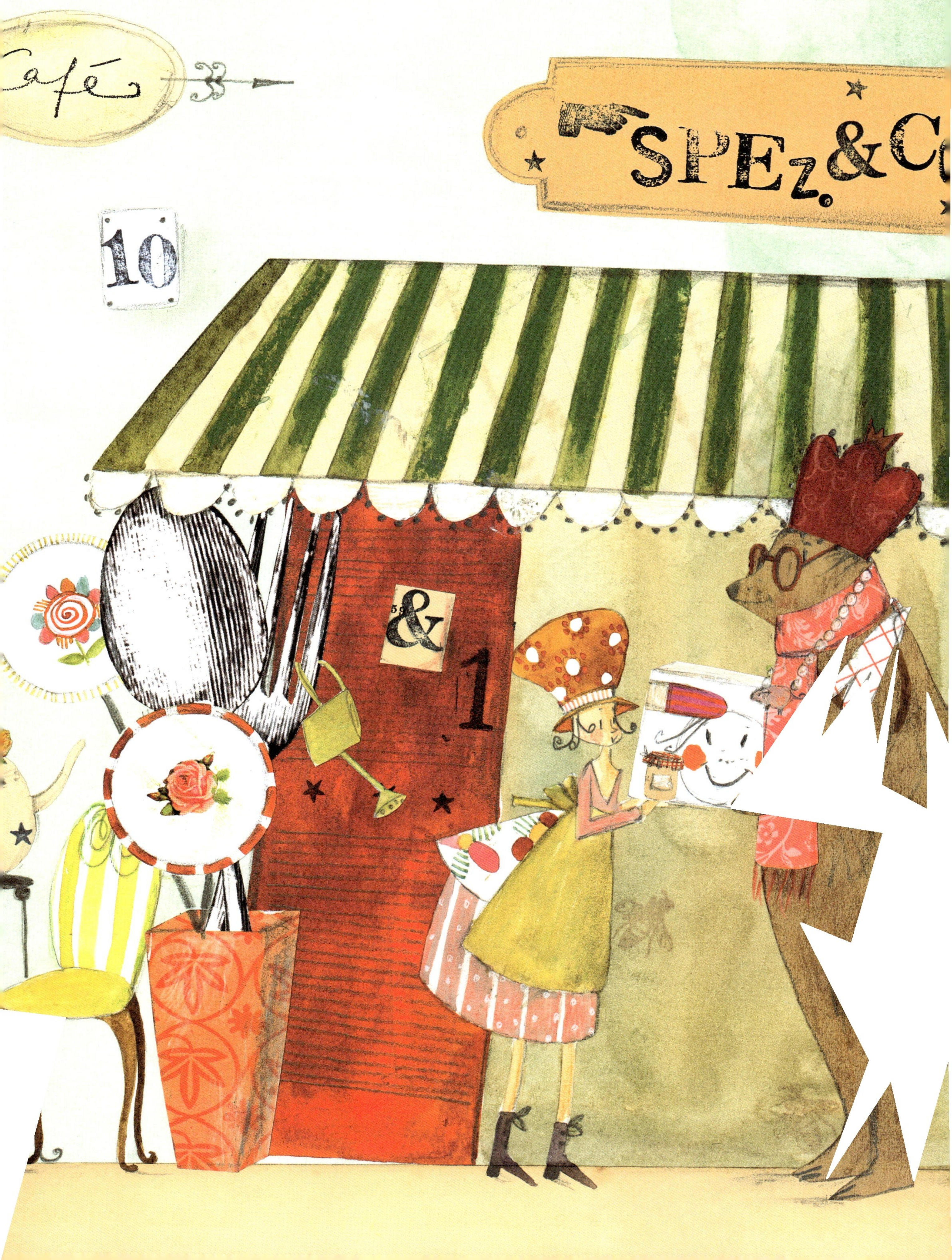
Café
SPEz&C
10
&
1

— EU TENHO UM PEQUENO PROBLEMA — DISSE O URSO.
— SERÁ QUE...
— EU ESTARIA NA PROFISSÃO ERRADA SE NÃO SOUBESSE DE CARA O QUE LHE FALTA — DISSE A MULHER QUE CARREGAVA UMA PILHA DE CAIXAS. — EU LOGO VI DO QUE ESTÁ PRECISANDO.

DE UMA CAIXA, ELA TIROU UM PAR DE BOTAS.

— AQUI ESTÃO AS MELHORES BOTAS PARA URSOS QUE HÁ NO MOMENTO. URSOS DE VERDADE PRECISAM DE BOTAS DE URSO!

— HUM... — DISSE O URSO ALGUM TEMPO DEPOIS.
E SEGUIU O SEU CAMINHO.

O URSO PAROU NUMA
PEQUENA COLINA. OLHOU
DEMORADAMENTE PARA A RELVA
E OS CAMPOS E PARA A CIDADE,
LÁ LONGE.
ESTAVA CANSADO.

O URSO DESAMARROU AS ASAS.

TIROU O CHAPÉU DA CABEÇA E OS ÓCULOS DE CIMA DO NARIZ.

DESVENCILHOU-SE DO CACHECOL E DO COLAR COM O AMULETO DA SORTE.

LIVROU-SE DAS BOTAS.

DEIXOU DE LADO O POTE COM O MEL PURO, ASSIM COMO A CAIXA COM OS REMÉDIOS COLORIDOS.

ENTÃO SUSPIROU.

— O QUE ESTÁ ACONTECENDO COM VOCÊ? — PERGUNTOU UMA VOZ MIÚDA AO SEU LADO. UMA MOSCA ESTAVA SENTADA NUMA FOLHINHA DE GRAMA E OLHAVA-O CURIOSA.

— AH, É QUE NÃO QUERO NADA DISSO — DISSE O URSO. — NINGUÉM QUER PRESTAR ATENÇÃO AO QUE DIGO.

— EU ESTOU AQUI, E VOU OUVI-LO — DISSE A MOSCA. — O QUE ESTÁ HAVENDO?

— EU TENHO UM PEQUENO PROBLEMA — DISSE O URSO. — TENHO MEDO DO ESCURO, SOZINHO EM MINHA CAVERNA. E NÃO CONHEÇO NENHUM OUTRO URSO NEM NINGUÉM QUE QUEIRA DORMIR COMIGO NA CAVERNA. PASSO O DIA INTEIRO COM MEDO DA NOITE.

— É MESMO UM
PROBLEMA E TANTO —
DISSE A MOSCA. — MAS SEI
COMO PODEMOS SOLUCIONÁ-LO. POR
ACASO, ESTOU À PROCURA DE UM LUGAR
PARA FICAR. CAVERNAS DE URSOS... ISTO ME
PARECE MUITO ACONCHEGANTE. POIS BEM,
EU TOPO! O QUE ACHA?

— HUM... — DISSE O URSO ALGUM TEMPO
DEPOIS. — AGORA JÁ ME SINTO MELHOR.
SIMPLESMENTE PORQUE VOCÊ ESTÁ AQUI.
A MOSCA SENTOU-SE NO OMBRO
ESQUERDO DO URSO E SE ACOMODOU.
E OS DOIS SEGUIRAM O SEU CAMINHO.